KB208848

몽몽이

오늘도 잘 부탁해

Prologue

안녕, 나는 몽글몽글한 토끼 몽몽이야.

이렇게 너와 만날 수 있어서 정말 기뻐.

내가 사는 이곳은 특별하진 않지만

언제나 웃음과 행복이 가득해.

매일매일 신나는 일이 기다리고 있거든.

늘 곁에 있어 주는 용이와 털몽이,

따뜻한 바람, 울창한 나무…

그리고 너와 함께라면

매 순간이 더 즐겁고 행복할 거야.

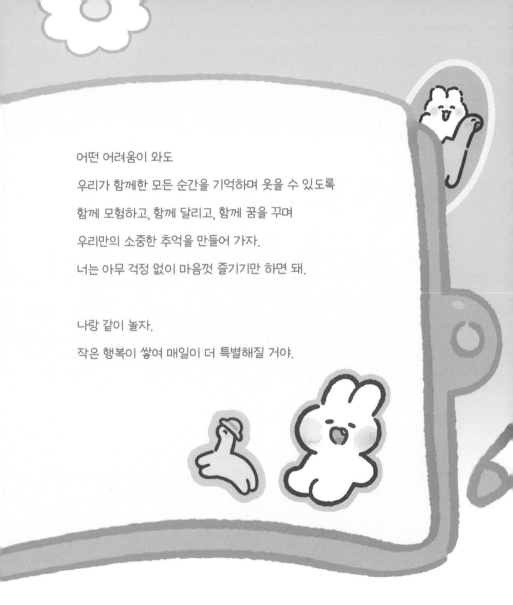

어떤 어려움이 와도

우리가 함께한 모든 순간을 기억하며 웃을 수 있도록

함께 모험하고, 함께 달리고, 함께 꿈을 꾸며

우리만의 소중한 추억을 만들어 가자.

너는 아무 걱정 없이 마음껏 즐기기만 하면 돼.

나랑 같이 놀자.

작은 행복이 쌓여 매일이 더 특별해질 거야.

✦ Part 1 ✦

좋은 일이
생길 것만 같아

따스한 봄날,

온 세상이 핑크빛으로 가득 물들었어.

봄바람을 타고

흩날리는 꽃잎들 사이를 거닐며

마음속으로 바랐지.

"이 순간이 영원했으면 좋겠다!"

살랑살랑 봄바람이 불어오자

동그란 두 발이 두둥실 떠올랐어.

꿈꾸듯 하늘을 날아오르며

장난감처럼 작아 보이는 풍경들을 가득 담았지.

내가 사는 세상은 이렇게 넓고 아름다워.

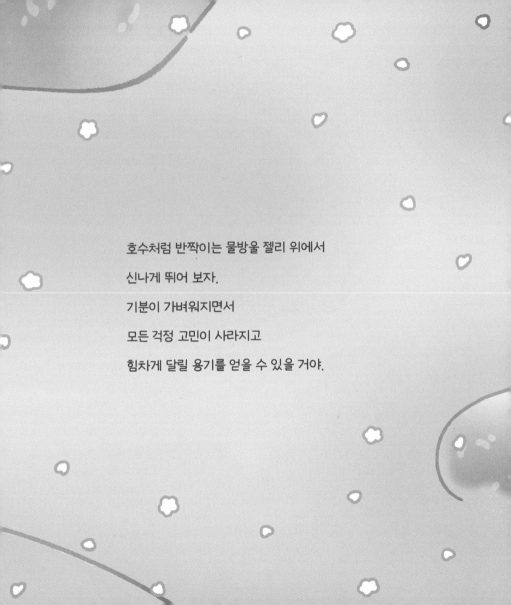

호수처럼 반짝이는 물방울 젤리 위에서

신나게 뛰어 보자.

기분이 가벼워지면서

모든 걱정 고민이 사라지고

힘차게 달릴 용기를 얻을 수 있을 거야.

떨어지는 꽃비를 맞으며

꽃잎 하나하나에 소원을 담았어.

앞으로도 서로를 아끼는 마음이 영원하기를.

함께라서 더욱 소중한 이 순간이

오래오래 기억되기를.

mong mong
spring
fashion

기분 좋은 햇살이 쏟아지는 날에는

멋지게 차려입고

너와 어디로든 떠나고 싶어.

너에게도 나의 설렘이 전해지길 바라.

보드라운 거품에 퐁당 누워

나른한 봄기운을 느끼며

자연이 건네는 인사를 들어 봐.

이렇게 아름답고 평온한 시간이 또 있을까?

형형색색 사탕에

나의 어린 시절과 가족들, 친구들과의

특별한 날들을 녹여 냈어.

한 알씩 톡톡 까서 먹을 때마다

잊고 지나쳐 온

소중한 순간들이 다시 떠오를 거야.

보석 상자 안에는 다양한 감정이 담겨 있어.

슬픔의 보석은 나를 깊이 이해하게 하고,

기쁨의 보석은 나를 더욱 빛나게 하지.

좋고 나쁜 감정은 없어.

모든 기분은 나의 일부고

이 보석들이 모여 나를 더욱 반짝이게 해 주니까.

비밀 아지트에서는

내가 원하는 모든 것을 만들어 낼 수 있어.

이곳에서는 실패도 두렵지 않아.

무지개가 비추는 밝은 빛처럼

내 상상력이 세상을 더욱 환하게 밝혀 줄 거야.

활짝 웃는 사진 속의 우리를 보니

마음 한편이 따뜻해져.

언젠가 이 사진이 희미해지더라도

우리의 추억은 영영 바래지 않을 거야.

설렘을 가득 안고

웃음소리를 따라 신나게 달려 보자.

목적지는 상관없어.

너와 함께하는 게 중요하지.

너를 무겁게 짓누르는 고민은

바람에 실어 보내 봐.

풀밭에서 우연히 발견한

세 잎 클로버에

내 마음을 담아 선물할게.

너에게 행운이 찾아와 주길 바라며.

힘든 일이 있을 때마다

나에게 전부 이야기해 줘.

우리가 함께라면

어떤 아픔도 이겨 낼 수 있을 거야.

너의 모든 상처를 감싸 줄게.

부드럽고 향긋한 홍차 향이

몸과 마음을 차분하게 감싸 줘.

가끔은 잠시 하던 일을 멈추고 눈을 감아 봐.

호로록,

차 한 잔의 여유가

마음 깊숙이 따뜻함을 채워 줄 거야.

좋아하는 일을 할 때면

세상의 모든 걱정이 사라지는 것 같아.

이 순간만큼은

다른 우주에 있는 것처럼

마음이 편안해지고 온전히 몰입하게 돼.

오늘도 작은 기쁨과 아쉬움이 섞인 하루였지만

모두 나를 위한 시간이었어.

이 하루의 모든 경험을 소중히 여기며

내일을 향한 기대감을 품어 보자.

찬물의 상쾌함과

따뜻한 물의 포근함이 어우러져

적당한 온도를 유지할 때

마음속의 긴장이 풀리고 편안함이 온몸을 감싸.

온도의 균형처럼

모든 것이 서로 조화를 이루면

더 큰 행복을 느낄 수 있어.

등하굣길은 마치 여행하는 기분이 들어.

같은 길을 걸어가지만

그 속에서 매일 새로운 이야기가 펼쳐지거든.

친구들과의 웃음소리,

길가에 피어난 꽃들,

우연히 마주친 사람의 환한 미소까지.

이렇게 작은 순간들이 모여

이 길을 더욱 특별하게 만들어 줘.

그때 그 시절을 떠올리게 하는 노래가 있어.

어떤 노래는 외로웠던 나를,

어떤 노래는 행복했던 나를,

또 어떤 노래는 다정했던 우리를 담고 있지.

그 멜로디는 변치 않는 소중한 기억으로 남아

영원히 기억될 거야.

특별한 핫케이크를 만들어 보기로 했어.

고소한 냄새가 집안 가득 퍼지고

따듯한 핫케이크 위에 노란 버터 한 덩이,

그리고 친구들이 좋아하는 딸기 잼도 살짝 발랐어.

혼자일 때보다 함께 먹는 핫케이크가

더 따뜻하고 달콤한걸.

진짜 행복은 나눌 때 더 커지는 법이니까.

바쁜 일상 속에서도

충전하는 시간이 필요해.

잠깐의 여유를 갖는 것만으로도

마음이 편안해지고

다시 나아갈 힘이 생기거든.

새벽의 이슬을 머금고

푸른 하늘을 향해

조용히 피어나는 나팔꽃처럼

나도 나만의 속도로 걷다 보면

머지않아 흐드러지게 피어날 거야.

너를 생각하며 한 글자, 한 글자

꾹꾹 눌러 담아 내 진심을 전할 거야.

완벽한 문장은 아니지만

오직 너만을 위해 쓴

이 세상에 단 하나뿐인 글이야.

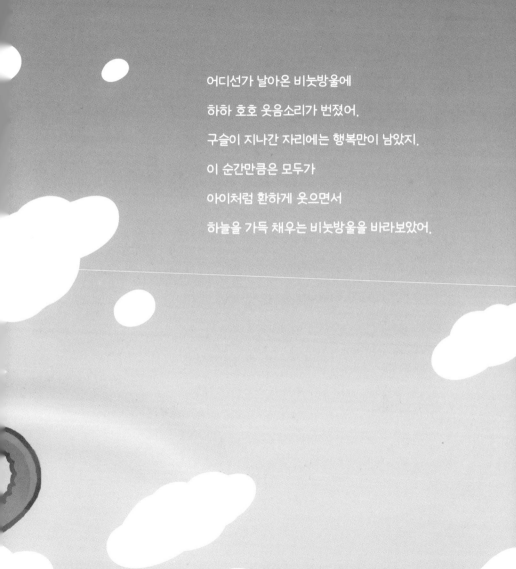

어디선가 날아온 비눗방울에

하하 호호 웃음소리가 번졌어.

구슬이 지나간 자리에는 행복만이 남았지.

이 순간만큼은 모두가

아이처럼 환하게 웃으면서

하늘을 가득 채우는 비눗방울을 바라보았어.

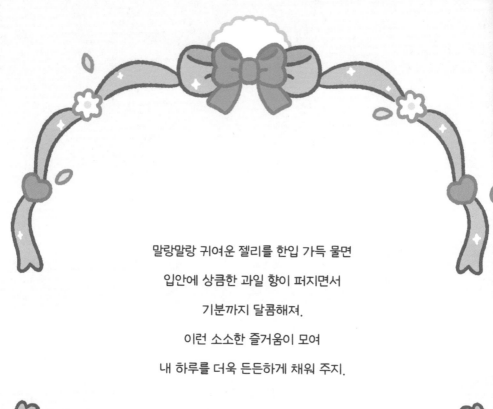

말랑말랑 귀여운 젤리를 한입 가득 물면

입안에 상큼한 과일 향이 퍼지면서

기분까지 달콤해져.

이런 소소한 즐거움이 모여

내 하루를 더욱 든든하게 채워 주지.

햇살이 부드럽게 스며드는 나른한 오전,

천천히 움직이는 창밖의 세상처럼

조금은 너그러워져도 괜찮아.

일상의 소음 속에서 잠시 벗어나

지금 이 순간을 즐기며

나릿나릿 흐르는 시간에 몸을 맡겨 보자.

알록달록 봄꽃이 만개한

아름다운 거리를 걸으며

따스한 기운을 흠뻑 머금었어.

나를 행복하게 만들어 주는

이 계절이 참 소중해.

Part 2

행복한 순간엔
꼭 네가 있어

뜨거운 햇살 아래,

푸르른 잎사귀들이 노래하는

자연의 멜로디에 귀를 기울여 봐.

여름이 우리에게 주는 특별한 선물이야.

드넓은 초원을 가르며

자유롭게 달려 봐.

모든 걱정이 사라지고

행복한 기운이 마구 샘솟을 거야.

언젠가 그리워질 이 순간을

후회 없이 즐기자.

바쁜 일상에서 한 발자국 벗어나

고요한 적막을 음미하면

소란했던 마음이 잠잠해지고

놓치고 있던 소소한 행복들이 피어올라.

조그맣고 여린 네 개의 이파리가 모여

커다란 행복을 선물해 주었어.

비록 작은 조각이라도 힘을 합치면

큰 기쁨을 만들어 낸다는 사실을 잊지 않고

모든 것들을 소중히 여길 거야.

한껏 멋을 낸 멜론은

어제는 새콤한 아이스크림,

오늘은 아삭한 빙수,

내일은 폭신한 파르페로 변신할 거야.

다음에는 또 어떤 마법을 부려

우리를 기쁘게 해 줄까?

싱그러운 이파리 사이로

크고 **통통한** 수박이 고개를 내밀었어.

우리의 웃음소리,

시원한 여름 바람,

모두의 기대와 사랑이 담긴

특별한 수박이야.

아무리 배가 불러도

달콤한 후식은 참을 수 없어.

입안 가득 행복이 고이면

모든 피로가 씻기고

지친 하루를 보상받는 기분이 들거든.

보물 창고를 열면

차가운 공기가 땀방울을 말려 주고

다양한 색과 향을 머금은

음식들이 반겨 줘.

마치 나를 위해 준비된 작은 축제 같아.

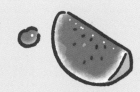

무더운 여름날,

시원한 계곡에서의 물놀이.

투명한 물이 졸졸 흐르는 소리를 들으니

마음마저 시원해져.

튜브에 몸을 싣고 둥둥 떠다니면

어느새 더위는 저 멀리 사라지고

에어컨 바람보다

더 깊고 시원한 행복이 찾아와.

푸른 물빛이 일렁이는

투명한 유리 너머의 세상에서

자유롭게 유영하는 물고기들처럼

나도 내 꿈을 향해

유유히 헤엄쳐 갈 수 있기를.

필요한 물건은 없었지만

'이건 어떨까? 저건 어떤 맛일까?'

상상하며 하나씩 장바구니에 담다 보면

어느새 양손이 무거워져.

그러다 가끔은 예상치 못한 행복을 만나기도 하지.

오늘의 작은 발견들은

내 일상에 더 많은 즐거움을 가져다줄 거야.

복숭아 한 조각을 입에 넣으면

여름의 모든 풍경이

입안에서 살아나는 것 같아.

부드럽고 향긋한 복숭아의 맛은

그 자체로 여름의 선물이야.

맛있는 디저트와 함께

여유롭게 하루를 마무리해 봐.

그 순간만큼은 세상의 모든 걱정이 사라지고

입안 가득 퍼지는 달콤함처럼

하루 끝에 웃음이 번질 거야.

햇살 한 줄기가 살며시 스며든 방,

아득하게 들려오는 여름 소리에

귀를 기울이다가

새근새근 잠이 들었어.

이 나른한 행복에서 영영 깨고 싶지 않아.

거리에 작은 웅덩이가 생겼어.

그 속에 비친 하늘은 꿈처럼 넓고

구름은 아무 걱정 없이 흘러가.

마치 또 다른 세상을 비추는 것 같지만

주위를 둘러보면

우리가 매일 마주하는

일상이라는 걸 알게 될 거야.

길을 잃었다고 느낄 때도

내가 믿는 나침반을 따라가면

목적지에 닿을 수 있다는 걸 알게 됐어.

두려움 속에서도 한 걸음씩

나아가는 용기가 필요하다는 걸 말이야.

폭풍을 지나면

곧 눈부신 무지개를 만나게 될 거야.

작은 물방울들이 물결을 일으킬 때마다

물속에서 피어나는 파동이

아름다운 리듬을 만들어.

그 순간, 모든 것이 평화롭게 느껴져.

온 세상의 소음과 걱정이 멈춘 듯한 기분이야.

여름을 닮아 시원한 바다,

여름을 담아 상쾌한 음료,

여름이 닮아 붉게 물드는 하늘까지.

그때의 냄새, 그때의 풍경, 그때의 온도는

내 마음속에 영원히 남을 거야.

딸기, 초콜릿, 민트, 바닐라…

각각의 맛이 있는 것처럼

우리의 일상에서도 매일 조금씩 다른 맛이 나.

오늘은 새콤하게,

내일은 달콤하게,

또 어떤 날은 고소하게.

어쩌면 아이스크림처럼 다양한 맛이 나서

더 특별한 나날인 게 아닐까?

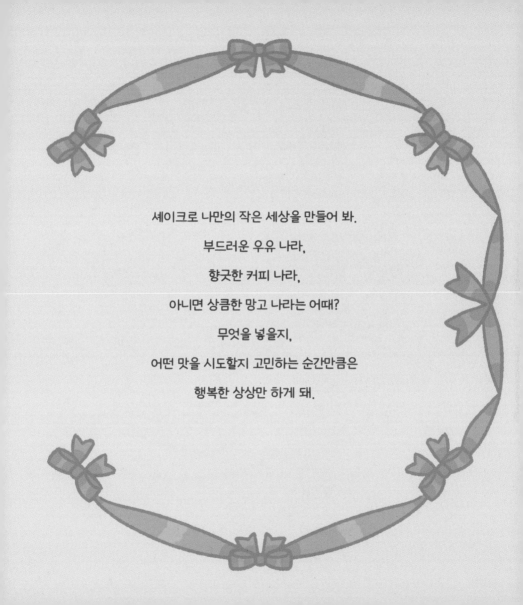

셰이크로 나만의 작은 세상을 만들어 봐.

부드러운 우유 나라,

향긋한 커피 나라,

아니면 상큼한 망고 나라는 어때?

무엇을 넣을지,

어떤 맛을 시도할지 고민하는 순간만큼은

행복한 상상만 하게 돼.

오늘도 나만의 특별한 맛을 찾아

즐거운 모험을 떠날 거야.

여정이 끝나도

내가 느낀 새로운 감정과 소중한 경험은

오래도록 간직되겠지.

색색의 젤리가 담긴 봉지를 열면

눈앞에 펼쳐지는 다채로운 색깔들이

마음까지 환하게 밝혀 줘.

말랑한 젤리를 한 입씩 넣을 때마다

작은 기쁨들이 차곡차곡 쌓여 가는 기분이야.

오늘은 무엇을 했고 어떤 기분이었는지

하나하나 채워 넣으면

일상 속에서 놓쳤던 순간들이

다이어리 안에서 다시 빛을 발해.

때로는 달콤하고

때로는 씁쓸한 블랙체리처럼

우리의 일상도 달콤한 순간이 지나면

씁쓸한 맛이 남기도 하지만

그 모든 경험이

우리를 더 성숙하고 단단하게 만들어 줄 거야.

그때의 소중한 순간들이

오늘의 나를 만든 것처럼

이 컴퓨터는 추억들을 간직하고

나에게 다시 그 시절의 감정을 떠올리게 해.

시간이 지나도 변하지 않는 건

그 순간들이 내 마음속 깊은 곳에

남아 있기 때문일 거야.

똑똑!

어둡고 캄캄한 밤에 별들이 찾아왔어.

"어둠 속에서도 길을 잃지 않도록

우리가 늘 비춰 줄게."

별들의 환한 미소가

내 마음의 그늘을 환히 밝혀 주었어.

빠르게 지나가는 여름처럼

비눗방울도 금세 사라져 버리지만,

투명한 방울이 공중을 떠다니는 동안

잠시나마 일상의 무게를 잊고

순수한 즐거움에 빠져들 수 있어.

그 찰나의 아름다움은 오래도록 기억될 거야.

Part 3

행복은 결코
혼자만의 것이 아니니까

하늘 공원에서 소소한 일상을 보내며

사실은 평범한 하루가

가장 소중한 시간이라는 걸 깨달았어.

특별한 나날이기보다

별일 없는 하루하루이기를.

구름 속에서는 모든 게 가볍고 자유로워.

무거운 걱정도

그저 작은 점처럼 느껴지지.

세상이 아무리 바빠도

그 안에서 유연히 떠다니는 구름처럼

나만의 속도로 흘러갈 거야.

구름에 잠시 가려져 있지만

그 뒤에는 언제나 푸른 하늘이 있어.

우리가 살아가며 마주치는

모든 어려움과 불확실한 순간도

시간이 지나면 깨끗이 걷힐 거야.

주말마다 장을 보러 오는 가족들,

매일같이 신선한 과일을 사는 단골손님들까지.

모두 각자의 하루가 있고

저마다의 사연이 있어.

그들과 나누는 짧은 대화들이

나에게 큰 위로가 되기도 하고

때로는 잔잔한 웃음을 주기도 해.

그 모든 순간이 나에게는 소중한 경험이야.

추석을 맞아

자주 만나지 못했던 가족들,

친구들과 모여 오래된 이야기를 나누었어.

그동안 함께하지 못했던 시간들을 만회하며

서로를 돌아보고

한 해 동안의 고마운 마음을 표현했지.

사랑하는 사람들과 보내는 이 시간이

나에게는 가장 큰 선물이야.

때로는 잘못 내디뎌 넘어지기도 하고

다른 사람이 차지한 칸에

아쉬운 마음을 남기기도 하지만,

원하는 것을 얻기 위해

여러 번의 도전과 실패를 겪으며

웃을 수 있는 용기와 여유를 가진다면

어떤 어려움도 이겨 낼 수 있어.

블록을 쌓다가 와르르 무너지면

처음부터 다시 쌓고

더 튼튼하게 만들기 위해 노력해.

우리가 무너지고 다시 일어나는 과정에서

더 강해지고 단단해지는 것처럼 말이야.

실패는 끝이 아니라

다시 시작할 수 있는 기회야.

도시락은 그저
음식만 나누는 것이 아니라
서로의 마음도 나눌 수 있어.
사랑과 정성이 담겨
준비한 사람도, 받는 사람도
기분 좋은 하루를
보낼 수 있으니까.

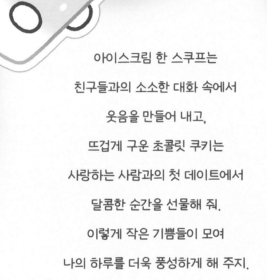

아이스크림 한 스쿠프는

친구들과의 소소한 대화 속에서

웃음을 만들어 내고,

뜨겁게 구운 초콜릿 쿠키는

사랑하는 사람과의 첫 데이트에서

달콤한 순간을 선물해 줘.

이렇게 작은 기쁨들이 모여

나의 하루를 더욱 풍성하게 해 주지.

맛있는 디저트와 함께

서로 오늘 하루는 어땠는지,

어떤 일이 있었는지,

또 어떤 감정을 느꼈는지를 이야기하며

다시 힘을 낼 수 있다는 것이

얼마나 큰 축복인지 느꼈어.

크림처럼 스르륵 녹아내려서

조금이라도 홀가분해지고 싶은 날이 있어.

그럴 땐 아무 생각 없이 잠시 멈추고

내가 좋아하는 것들을 떠올리며

마음을 달래 보자.

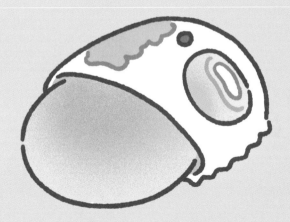

갓 구운 식빵 위에

버터나 잼을 발라 먹기도 하고

달콤한 꿀을 얹어 먹기도 해.

간단하게 만들어 먹을 수 있지만

식빵 한 조각이 데워 준 마음의 온기는

오래오래 남을 거야.

활력이 필요하다고?

짠!

그럴 땐 탄산수에 얼음을 가득 채워 마셔 봐.

혀끝을 간질이며 톡 쏘는 탄산이

하루의 피로와 답답한 기분을

시원하게 날려 줄 거야.

하루 종일 방 안에서 뒹구는 게

처음에는 시간을 허비하는 것 같다고 느꼈지만

아무것도 하지 않는 시간이

나에게 얼마나 큰 휴식이 되는지 알게 됐어.

가끔은 잠시 멈춰서

지친 몸과 마음을 돌보는 시간이 필요해.

보름달 아래서 소원을 빌 때면

그 밝은 빛이 나를 비추는 듯한 느낌이 들면서

내 안에 있는 힘과 가능성을 믿게 돼.

결국 내가 비는 소원은

내가 어떤 노력을 할 것인지

스스로 약속하는 일이라는 걸 깨달았지.

오늘은 핼러윈이야.

예쁘고 달콤한 사탕을 만들 거야.

잔뜩 만들어서 친구들에게

나누어 줄 생각을 하니 신이 났지.

나눈다는 건 받는 것만큼이나

기분 좋은 일인가 봐.

설탕과 꿀을 꺼내 놓고

별빛 한 줌, 구름 한 조각을 넣어

예쁜 모양의 사탕을 만들 거야.

벌써부터 달콤한 향기가 가득 퍼지는걸?

완벽한 사탕이 되기를 기다리는 시간이

길게 느껴지기도 하지만

그 과정에서 느껴지는 기대와 설렘은

무엇과도 바꿀 수 없을 만큼 소중해.

설렘은 그 자체로 큰 선물이야.

아무리 사소한 것이라도

누군가에게는 큰 위로가 될 수 있고

때로는 예상치 못한 행복을 줄 수 있어.

결국 우리가 나누는 것은

서로를 향한 진심과 온기일 테니까.

그만 꿀을 너무 많이 넣고 말았네.

끈적끈적하고 내가 생각한 예쁜 모양은 아니었어.

실망스럽지만,

다시 생각해 보면

꼭 완벽한 사탕일 필요는 없잖아.

마음이 담긴 게 더 중요하지 않을까?

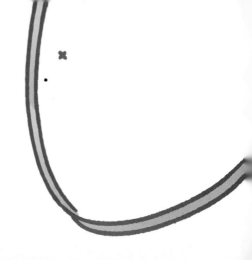

우리는 언제든 마법을 부릴 수 있어.

지금 이 순간에 집중하고

내가 할 수 있는 일에 최선을 다하면

눈에 보이진 않지만

마음속의 의지와 용기가

나를 더 찬란하게 빛내 주거든.

사탕 한 조각이

누군가의 하루를 특별하게 만들어 주고

웃음 짓게 할 수 있는 것처럼

우리가 나누는 작은 마음이

누군가에게는 큰마음이 될 수 있어.

작은 촛불 하나가

어두운 밤을 밝혀 주듯

내 안에 있는 희망의 불빛도

세상을 환히 비출 거야.

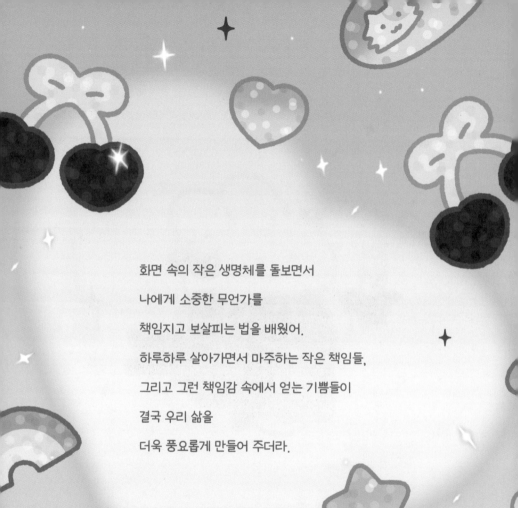

화면 속의 작은 생명체를 돌보면서

나에게 소중한 무언가를

책임지고 보살피는 법을 배웠어.

하루하루 살아가면서 마주하는 작은 책임들,

그리고 그런 책임감 속에서 얻는 기쁨들이

결국 우리 삶을

더욱 풍요롭게 만들어 주더라.

스마트폰의 다양한 기능은

우리의 삶을 더 편리하게 해 주지만

가끔 한 통의 전화나 메시지가 크게 와닿았던

그 시절의 순수한 소통이 그립기도 해.

그때 우리가 느꼈던 진심과

따뜻함을 기억하며

일상 속에서도 그 마음을 잊지 않을 거야.

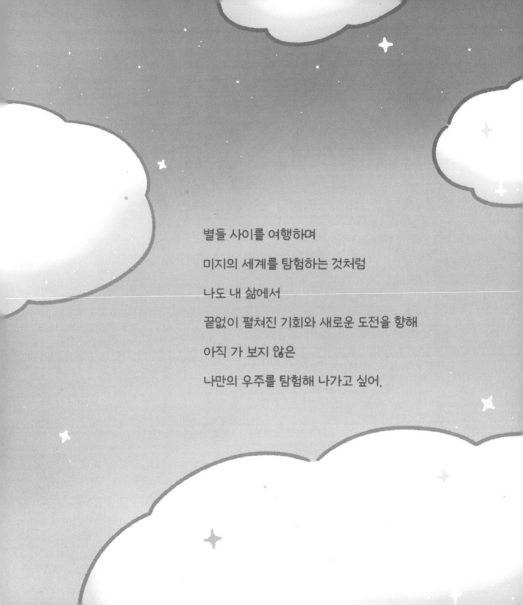

별들 사이를 여행하며

미지의 세계를 탐험하는 것처럼

나도 내 삶에서

끝없이 펼쳐진 기회와 새로운 도전을 향해

아직 가 보지 않은

나만의 우주를 탐험해 나가고 싶어.

별똥별은 눈 깜짝할 사이에

우리를 지나치지만

내 삶의 찰나도

이토록 아름답고 특별한 의미를

담을 수 있도록

계속해서 꿈을 꾸고 나아갈 거야.

다이어리를 쓰면서

그날의 감정을 정리하고 나면

마음이 한결 가벼워져.

때로는 글로 풀어내기 어려운 감정도 있지만

이 작은 공간에서는

나만의 언어로 마음껏 표현할 수 있거든.

그렇게 내 마음을

솔직하게 적어 내려가면서

나 자신을 조금 더 알아갈 수 있게 돼.

사진을 하나하나 붙이며
그 순간들의 기억이 떠올랐어.
창문은 어느새 내 행복이 가득 담긴
갤러리가 되었지.
우리, 이 창문이 사진들로 빼곡해질 만큼
더 많은 추억을 쌓자.

Part 4

우리의 추억은
영원할 거야

"우와! 첫눈이다!"

하얀 옷을 입은 나무와

별처럼 반짝이는 눈송이를 바라보면

마음속 깊은 곳에서부터 설렘이 피어올라.

겨울 나라에서는

모든 것이 차분하고 순수해 보여.

아직 아무도 지나지 않은 하얀 눈밭에

내 발자국을 남겼어.

흔적이 고스란히 보이니

내가 지나온 길이

더 의미 있게 느껴지고

나만의 길을 걷고 있다는 생각에

마음이 따뜻해졌지.

하늘에서 흩날리는 작은 눈송이들이

온 세상을 하얗게 덮었어.

마치 새로운 시작을 위해

과거의 모든 걱정을

깨끗이 지워 주는 것 같아.

솜이불처럼 폭신한 눈이 나를 감싸안으면

어린아이처럼 웃게 돼.

차가운 날씨에도

우리의 웃음소리는 따스하게 퍼져 나가지.

이런 소소한 즐거움이

일상 속에서 얼마나 소중한지 다시금 깨달았어.

한겨울에 먹는 붕어빵은

시린 손을 따뜻하게 녹여 주고

쓸쓸한 마음까지 포근하게 데워 줘.

이 순간만큼은

추위가 전혀 느껴지지 않아.

차가운 바람이 불면

가장 먼저 향긋하고 달콤한 딸기가 떠올라.

겨울을 지나 봄을 기다리는

우리의 마음처럼

추위 속에서도

희망과 기쁨을 잃지 않게 해 주지.

내가 나를 위해 만든 딸기 디저트는

또 다른 의미가 있어.

나에 대한 사랑이고

나의 하루를 위한 준비물이야.

그러니 가끔은

나에게 주는 달콤한 선물을 준비해 보자.

추운 겨울날,

아늑한 방 안에서 먹는

시원한 과일 아이스크림은

얼어 있던 마음을 녹여 주고

더운 여름에 느꼈던 기쁨을 고스란히 전하며

색다른 즐거움을 줘.

나만의 작은 패션쇼를 열어

여러 가지 스타일을 시도해 봐.

매일 입는 옷도

그때그때의 기분에 따라 달리 조합하면

다양한 느낌을 줄 수 있거든.

한 입 베어 물 때마다

알록달록한 색과 상큼한 과일 맛이 만나

눈과 입이 즐거워져.

마치 무지개를 입안에 가득 담고

모험을 떠나는 기분이야.

오래된 음료 캔을 재활용해

나만의 작은 정원을 가꾸었어.

빈 캔이 새 생명을 얻고

그 안에서 꽃이 피어난다고 생각하자

사소한 변화와 노력이

결국 더 큰 기쁨으로 돌아온다는 것을 깨달았지.

거울 속에 비친 나를 보니

평소에는 지나치기 쉬운 내 모습이

너무도 소중하게 보여.

나의 결점이나 부족한 부분 때문에

불안하고 초조할 때도 있지만

그럴 때마다 거울을 보며 말할 거야.

"괜찮아, 잘하고 있어. 나는 나를 사랑해."

기념일에 우리는 종종 물질적인 선물이나

화려한 장식에 집중하지만

가장 중요한 것은

진심 어린 마음을 전하는 것 아닐까.

아무 날도 아니지만

우리만을 위해 맛있는 음식을 만들어 보기로 했어.

하나둘씩 재료가 모이고

케이크가 완성되어 갈 때마다 기쁨이 솟구쳤지.

그렇게 아무 의미 없던 오늘이

케이크 한 조각 덕분에 더없이 특별해졌어.

내가 만든 케이크가

다른 사람의 하루도 조금 더

달콤하고 행복하게

물들여 줄 수 있기를 바라.

행복은 결코 혼자만의 것이 아니니까.

한 시간이라도

자신에게 주는 여유,

그 시간이 얼마나 소중한지 몰랐어.

우리가 바쁘게 살아가는 이유는

결국 내일을 위해서이지만

때로는 내일을 위해 오늘의 휴식이

꼭 필요하다는 것을 잊지 말자.

자판기에서 어떤 음료를 뽑을지

고를 수 있다는 사실에

새삼 행복을 느꼈어.

비록 일상 속 작은 선택이지만

그 선택이 나에게 주는 의미는 충분히 커.

나를 위한 사소한 기회를

놓치지 않았으면 해.

오늘은 쓴 커피 대신

상큼한 주스를 마실 거야.

때로는 익숙한 것보다

새로운 변화가

에너지를 채워 주기도 하거든.

나는 그저 있는 그대로의 나로

충분히 아름답고 가치 있어.

아무리 세상이 빠르게 변화하고

많은 것들이 다듬어지고 가공되더라도

원석이 지닌 본연의 아름다움처럼

나는 나만의 본질을 잃지 않을 거야.

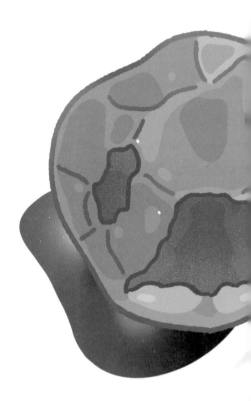

오래된 게임기를 꺼내 들자

어린 시절이 떠올랐어.

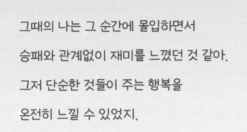

그때의 나는 그 순간에 몰입하면서

승패와 관계없이 재미를 느꼈던 것 같아.

그저 단순한 것들이 주는 행복을

온전히 느낄 수 있었지.

작은 동전을 넣고 도로록 굴리면

무엇이 나올까?

두근두근!

우연히 찾아온 선물이

온 마음을 두근거리게 해.

그 설렘 속에서

하루가 특별해지는 기분이 들었어.

이 노래, 기억해?

내가 어릴 적 즐겨 듣던 노래야.

이 노래에 잊었던 내 소중한 꿈들을

남몰래 숨겨 두었어.

그 꿈들을 다시 꺼내 보니

여전히 그때처럼 반짝이고 있구나.

큰 덩어리로 눈을 뭉쳐

첫 번째 공을 만들고

그 위로 두 번째 공도 차례차례 쌓아 올렸어.

손자국이 남아 울퉁불퉁하고

나뭇가지도 삐뚤빼뚤 제각각이지만

함께 추위를 견디며 만들었다는 만족감은

그 무엇과도 비교할 수 없지.

짜잔!

오늘은 조금 특별한 모양을 남기고 싶어서

눈 오리를 만들었어.

소복이 눈이 쌓이면

무엇이든 상상하는 것들을 만들어 봐.

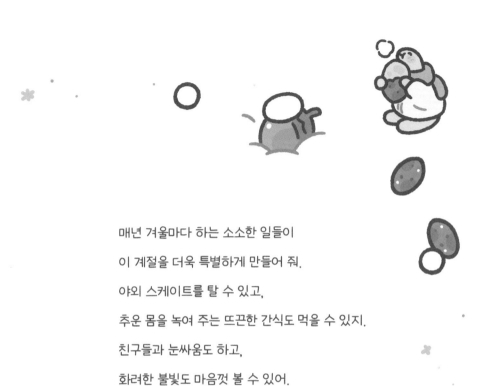

매년 겨울마다 하는 소소한 일들이

이 계절을 더욱 특별하게 만들어 줘.

야외 스케이트를 탈 수 있고,

추운 몸을 녹여 주는 뜨끈한 간식도 먹을 수 있지.

친구들과 눈싸움도 하고,

화려한 불빛도 마음껏 볼 수 있어.

차가운 바람에 코끝이 빨갛게 변하고

손끝이 얼어붙는 듯한 기분이지만

상쾌한 공기를 마시며 길을 걷는 것만으로

움츠러들었던 몸과 답답한 마음이 풀리면서

기분 전환이 돼.

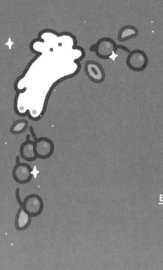

크리스마스를 맞아

상상 속의 눈사람을 만들자.

트리처럼 반짝이는 장식과 스카프를 둘러

우리만의 눈사람을 꾸미면

이번 크리스마스는

오래도록 따뜻한 기억으로 남을 거야.

크리스마스가 다가오면

매일 밤 침대에 누워 창밖을 바라보며

산타가 우리 집에 오기만을 기다리곤 했어.

하지만 선물보다 중요한 것은

진심을 담아 전하는 마음이었지.

어쩌면 산타의 마음처럼

사랑과 기쁨을 나누는 것이야말로

가장 큰 선물이 아닐까?

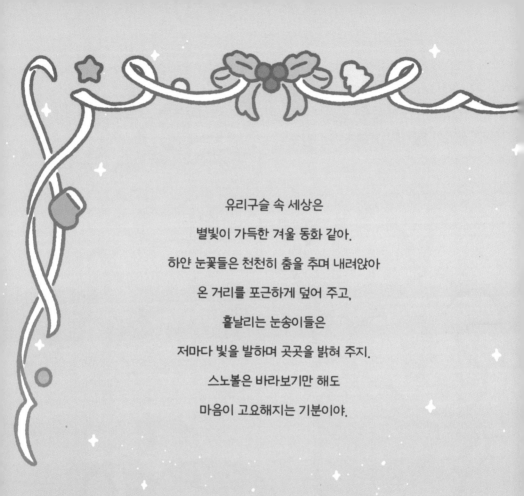

유리구슬 속 세상은

별빛이 가득한 겨울 동화 같아.

하얀 눈꽃들은 천천히 춤을 추며 내려앉아

온 거리를 포근하게 덮어 주고,

흩날리는 눈송이들은

저마다 빛을 발하며 곳곳을 밝혀 주지.

스노볼은 바라보기만 해도

마음이 고요해지는 기분이야.

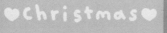
♥christmas♥

한 해 동안 무엇을 이뤘고,

무엇을 놓쳤는지 돌아보는 시간은

크리스마스와 연말을

더욱 의미 있게 만들어 주는 것 같아.

지난 일 년을 돌아보고

새해에는 함께 더 나은 미래를 그려 나가자.

올해의 끝자락에서

이루지 못한 것들이나

아쉬운 점들이 떠올라도

그 또한 나를 성장시키는 과정이었어.

하늘을 수놓는 불꽃처럼

지나간 일은 화려하게 마무리하고

새로운 희망과 다짐을 품어 보자.

그럼, 우리의 내일은

밤하늘의 불빛보다 더 빛날 거야.

몽몽이 오늘도 잘 부탁해

1판 1쇄 인쇄 2025년 03월 11일
1판 1쇄 발행 2025년 03월 18일

지 은 이 rotary

발 행 인 정영욱
편 집 총 괄 정해나
기 획 편 집 박주선
디 자 인 이정아
마 케 팅 정지은 박건우 원희성 김현서 함유진
마케팅지원 정지상

펴 낸 곳 (주)부크럼
전   화 070-5138-9971~3 (도서기획제작팀)
홈 페 이 지 www.bookrum.co.kr
이 메 일 editor@bookrum.co.kr
인스타그램 @bookrum.official
블 로 그 blog.naver.com/s2mfairy

© rotary, 2025
ISBN 979-11-6214-512-8 (02800)